当代诗人咏豆花

富顺县文化广播电视和旅游局 ◎ 编

南方出版社
·海口·

图书在版编目(CIP)数据

当代诗人咏豆花 / 富顺县文化广播电视和旅游局编. -- 海口：南方出版社, 2024.11. -- ISBN 978-7-5501-9487-8

Ⅰ.I227

中国国家版本馆CIP数据核字第2024VJ5405号

当代诗人咏豆花
DANGDAI SHIREN YONG DOUHUA

富顺县文化广播电视和旅游局　编

责任编辑：	韩光军
出版发行：	南方出版社
邮　　编：	570208
社　　址：	海南省海口市和平大道70号
电　　话：	(0898) 66160822
传　　真：	(0898) 66160830
印　　刷：	成都市兴雅致印务有限责任公司
开　　本：	880mm×1230mm　1/32
印　　张：	6
字　　数：	125千字
版　　次：	2025年1月第1版
印　　次：	2025年1月第1次印刷
书　　号：	ISBN 978-7-5501-9487-8
定　　价：	36.00元

编委会

主　任：蒋　娾
副主任：刘晓峰
委　员：高仁斌　魏　旭　周春文　陈学华
　　　　　田一坡　陈　睿　刘建斌

主　编：刘晓峰
副主编：高仁斌（执行）　魏　旭
编　辑：陈　睿　刘建斌　黄　霞

目录
CONTENTS

第一辑 舌尖美味

富顺豆花 ———————————— 臧　棣　002

富顺豆花 ———————————— 蒋雪峰　005

富顺：一碗豆花 ———————— 冉仲景　008

富顺豆花 ———————————— 杨献平　011

在富顺点豆花 ————————— 彭志强　013

富顺豆花 ———————————— 吴向阳　016

不如来碗豆花 ————————— 刘清泉　018

富顺豆花 ———————————— 瘦西鸿　021

豆花谣 ————————————— 杨　角　023

从此以后 ———————————— 蒲永见　025

我吃着这豆花 ————————— 吴海歌　027

富顺豆花 ······ 张春林 030

在富顺，端豆花上桌 ······ 李　华 033

富顺豆花 ······ 白玛曲真（藏族） 036

我只爱富顺豆花 ······ 周苍林 038

像一种呼唤 ······ 龙远信 040

富顺豆花 ······ 陈宗华 043

富顺豆花 ······ 董洪良 046

在坎布拉，想起富顺豆花 ······ 刘　强 048

富顺豆花写意 ······ 许庭杨 050

豆花里的童话 ······ 夕　颜 052

是生命的清苦，或是内心的冰清玉骨

······ 周春文 054

富顺豆花对雪花的记忆 ······ 王文炳 056

儿时的豆花印象 ······ 罗芝家 059

豆花　白玉般的天使 ······ 吴雪莉 062

第二辑　梦里乡愁

想念富顺豆花 ······ 张新泉 066

富顺豆花	李加建	068
富顺豆花	李自国	070
梦见豆花	聂作平	073
豆花三味	凸　凹	076
穿过豆花之城古老的街巷	银　莲	078
豆花辞	印子君	080
豆花少年	曾志明	083
富顺豆花	逸　西	086
我也是一碗富顺豆花	涂　拥	088
外祖母的豆花	汪　涛	090
富顺豆花，散发着浓郁的烟火气息	何　文	092
与弟书	孟　松	095
豆花里的乡愁	赵永生	097
豆花，这朵花	郑劲松	099
一碗豆花里复制乡愁	张广超	102
寄给富顺豆花	高仁斌	104
有一种花开得撒豆成兵	田一坡	106
一朵洁白的云悄悄来到人间	王　谦	108
偶遇一个名叫豆花的女子	刘建斌	110

豆花谣 ……………………………………… 刘尚彬 112
富顺印象：豆花 ………………………… 陈尧英 114

第三辑　城市之光

才子与豆花 ……………………………… 麦　笛 118
一个人去富顺吃一碗豆花 ……………… 大　窗 120
富顺豆花 ………………………………… 李龙炳 122
点豆成花 ………………………………… 徐　庶 125
富顺的味道 ……………………………… 庄　剑 127
豆花，富顺的城市记号 ………………… 周鹏程 129
分行的豆花 ……………………………… 张选虹 131
豆花之城 ………………………………… 赵历法 133
豆花的故乡 ……………………………… 徐甲子 135
豆花流淌 ………………………………… 戴长伸 137
在富顺，豆花姓刘 ……………………… 海清涓 140
富顺豆花 ………………………………… 康　康 142
食色性也，为富顺豆花写的诗 ………… 欧阳锡川 145
富顺豆花的白 …………………………… 黎　勇 148

豆花散句	马　力	151
一粒黄豆的抱负	黄德涵	154
富顺戒不掉的豆花白	尔东马	157
豆花哲学	空灵部落	159
豆荚曲	轻若芷水	162
豆花之城	野　桥	165
一棵叫富顺的大树结满了豆花	鲜晓东	167
爽口的豆花，爽口的富顺	忘　川	170
富顺豆花，闪光的名片	杨国琼	172

后记 ······ 175

舌尖美味

第 一 辑

富顺豆花

臧棣

雪白的外观很晶美,
但真要说起好物的来历,
以及千年的回味已渗入骨髓,
白玉怎么能和豆花的绵软相比;
谦虚时,它是小吃,
看起来似乎不怎么起眼;
门槛也很低,大街小巷,
它可口的身影随时向人们敞开——
即使你走背运,它也不会
嫌弃你的衣袋上有破洞;
很容易就满足,但它的满足
始终比你的,更淳朴;

骄傲多么火辣，浓香的蘸水
将它浸润在红与白中，
足以再一次触动人性的较量；
法国人司汤达也许会吃惊于
爱心中才有这样的耐心——
穿越历史的曲折，季节的原始，
时代的喧嚣，作为一种古老的手艺，
一碗小小的豆花早已将
风俗中的感恩，溶解在
它的风味中；一旦滋味发作，
就会难忘到全部的品尝
都有点不够用；说到错觉
是否夸张，我甚至觉得
闻到豆花的香味时，博物馆里
只剩下一副骨架的恐龙
也会微微颤动，准备复活。

臧棣，1964年4月生于北京。北京大学中国诗歌研究院研究员，北京作家协会副主席。代表性诗集有《燕园纪事》、

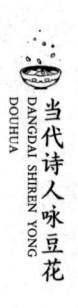

《骑手和豆浆》、《情感教育入门》、《沸腾协会》、《尖锐的信任丛书》、《诗歌植物学》、《非常动物》、《世界太古老，眼泪太年轻》、《精灵学简史》、《臧棣的诗》（蓝星诗库）、《最美的梨花即将被写出》，诗论集《非常诗道》等。曾获人民文学诗歌奖、《钟山》文学奖、昌耀诗歌奖、屈原诗歌奖、鲁迅文学奖诗歌奖、漓江文学奖诗歌奖等。

富顺豆花

蒋雪峰

最嫩的花
富顺的心头肉
最柔软的花
却在时间的牙缝里
唇齿留香
最远的花
富顺历史上
出过200多个进士
这些离乡的才子
把日月当两扇石磨
磨心志　劳筋骨
点卤成文

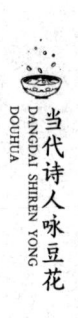

想家的时候
把白云当豆花
蘸着思乡的泪水
一口一口
咽进心里

所有的花朵
和它的不败相比
都会失去颜色

有酒有肉有锦有绣的富顺
有一朵有情有义香飘万里的
豆花

　　蒋雪峰,四川江油人,中国作家协会会员。曾获四川文学奖、《新世纪诗典》第七届NPC李白诗歌奖特别奖、中国诗歌排行榜双年度短诗奖、磨铁十佳诗人奖等奖项。出版诗集《琴房》《那么多黄金梦和老虎》《锦书》《从此以后》《月光推门》《山藏在山里》《李白是非洲人(德汉双语）》，随笔《李白故里》《如沙》。作品被译成英、韩、德三种文字。作品入选《中国诗歌年鉴》《中国诗典》《中国第四代诗人诗选》《新世纪诗典》等选本。

第一辑　舌尖美味

富顺：一碗豆花

冉仲景

豆花是豆腐的少女时代
天生水灵灵
她热气氤氲的体温
最是可人
不但不烫唇舌，还能暖胃暖心

豆花的远房表哥
叫烧白
他们一碗素，一碗荤
搭配在一起
就构成了人间不可或缺的烟火

如果高仁斌发来请柬

我会跟张新泉聂作平王老莽一道

前往川南

看爱

如何在硬汉与豆花之间发生

豆花洁白嫩爽

为迎娶她

我们把竹筷举作了花轿

当然我们也朝秦暮楚

爱豆花，顺便爱她的美梦：一碟蘸水

有人告诉我

一个男人钢铁得太久

需要吃碗豆花

来补充

生命中缺失的那部分细腻和柔情

其实，在富顺吃豆花

两口就够了

一口兆示富足,一口意味顺遂

再贪一口

便会彻悟生活,得道成仙

冉仲景,重庆酉阳人,中国作家协会会员,出版有诗集多部。

富顺豆花

杨献平

我是善爱之人,尤其雪和如雪之物
在富顺,沱江一再伸腰
丘陵走高下低。大地如此绵延
烟火穿过绿叶以后
与青天谈论人间秘密
一日奔波,我饿了,哦,豆花,清凌凌的水
略烫,肉身顷刻发暖
我吃一口,哦,俨然神仙了
俨然有福之人了。香、软糯且光滑
无物胜有物。再加蘸水,微辣,不妨再麻点儿
我吃了好几碗
这洁白,这美好,这繁复的滋味

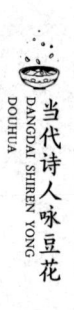

像极了所有的人生

及其命运,及其所有的用途、蕴意和象征

  杨献平,河北沙河人。先后从军于巴丹吉林沙漠和成都等地。作品见于《天涯》《中国作家》《人民文学》《江南》《长江文艺》《山花》等刊。目前已出版"巴丹吉林沙漠文学地理"《沙漠里的细水微光》《黄沙与绿洲之间》《沙漠的巴丹吉林》,"南太行文学地理"《生死故乡》《作为故乡的南太行》《自然村列记》《南太行纪事》《故乡慢慢明亮》,"蜀都记"《中年纪》《成都烟火日常》,以及多部长、中、短篇小说和诗集《命中》《努力爱更多的人》等。先后获得全军文艺优秀作品奖、首届三毛散文奖一等奖、首届朱自清文学奖散文奖、四川文学奖等。现居成都。

在富顺点豆花
彭志强

雪下了一夜,云变得胆大了一些
直接来富顺认亲

此刻唯有大醉的群星尚未醒来
加了胆水的豆花不再那么羞涩

只因蘸水里的盐,喊破了嗓子
人生五味离不开辣椒这件嫁衣

不知疲倦的雪还没有停下来
就像石磨盘,也没有停下来

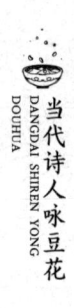

仿佛停下来研究大豆的理想
雪，云，盐，都会失去亲戚

许多年了，一旦舌苔发白
我就会怀念富顺豆花

怀念它的多姿：那夜的雪
那天的云，那天蘸碟里的盐

注：胆水，一种制盐生产剩余的母液，富顺豆花多采用这种胶凝剂调制。

彭志强，四川南充人，现居成都。中国作家协会会员，成都市作家协会副主席，四川省作家协会全委会委员、诗歌委员会委员，成都文学院签约作家，成都国际铁路港驻港诗人。著有长篇传记《游侠杜甫》、杜甫诗传《秋风破》、散文集《蜀地唐音》、诗集《二十四伎乐》《草堂物语》《金沙物语》等多部，有"文物诗人""行吟作家"之称。曾获李杜诗歌奖、北京文学奖、四川文学奖、海燕诗歌奖、全国十佳华语诗集等奖。

  致力于研究杜甫和杜诗已达十余年，曾被杜甫学界和大众传媒誉为"中国第一位行走考察研究杜甫生平踪迹的当代诗人"。曾在中央电视台（CCTV-4）《传奇中国节·端午》等专题片、纪录片饰演杜甫。曾在中央电视台（CCTV-10）《地理中国》主讲杜诗，被杜甫故里河南省巩义市授予"杜甫文化推广大使"称号，迄今已在成都七中、成都嘉祥外国语学校、四川师范大学、成都理工大学、北京十月文学院、巩义二中等全国各地主讲杜诗近百场。

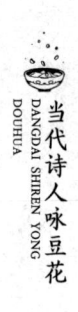

富顺豆花

吴向阳

急不得。豆子要磨得够细
豆浆要滤得够干净
莫要渣渣瓦瓦的
他们说富顺人是慢性子
不是慢性子做不出好豆花

一手一手慢慢压,不急
这样压出来的豆花
表皮绵扎,内里柔软
这正好是富顺人的品性

富顺产卤水,这是老天的加持

豆花的白,与盐的白
都是蓝天白云的白
卤水点的豆花,味正

大豆开花,既富且顺
富顺豆花是有来头的豆花

吴向阳,自贡人,居重庆,重庆出版集团科技分社社长、总编辑,重庆市作家协会诗歌创作委员会副主任,重庆新诗学会顾问。

不如来碗豆花

刘清泉

磨一捧豆
可以挤出一锅浆
再给你壮壮胆,你也能
开出朵朵乳白色的花

空调制造了冷,而你
仍在这个夏天热泪盈眶

只是那么轻轻一点
你就已梨花带雨
只是配上一碟蘸水

有人就望见了满天星河

"不如来碗豆花……"
你破涕为笑

豆隔开时序,花早已如云
你在梦中回到了童年
舌尖上的美,一点一点深入富顺
又一点一点从富顺铺开

宵灯如豆,谁还在讲那个老故事:
"最好的地方,白白嫩嫩……"

刘清泉,1970年生于四川安县(现为四川省绵阳市安州区),现居重庆。中国作协会员,重庆新诗学会副会长,重庆市沙坪坝区作协主席。出版诗集《永远在隔壁》《倒退》《101个可能》和诗评集《所幸心有所系》。在《光明日报》《诗刊》《十月》《作家》《星星》《山花》《诗歌月刊》

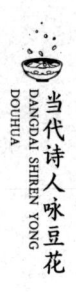

《红岩》《四川文学》《青年作家》《诗选刊》《草堂》等报刊发表诗歌、散文、评论1000余首（篇）。曾获中国新诗研究所"新诗百年百位最具实力诗人奖"。

富顺豆花

瘦西鸿

在富顺　剖开一颗豆子
我打算用一生的时间

当它褪去粉色花朵的裙裾
晶莹的躯体　浑圆如月
岁月合拢的磨齿　研磨出的齑粉
在富顺的水里散开

我用身体里的盐分当卤
点开它　混沌中升起的花朵
铺满富顺的脸庞
缠绕在舌尖的香气　在生活中打颤

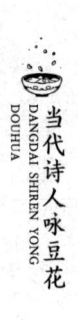

我用颤抖的嘴唇　抿着豆花
穿过一生漫长的岁月
豆花也会穿过我的身体
带领我　完成时光里的旅行

　　瘦西鸿，本名郑虹，客家人。现为中国作家协会会员、四川省作家协会全委会委员、南充市作家协会主席。在国内300余家文学刊物发表诗歌作品3000余首，有500余首诗歌入选各种选刊选本。获"四川文学奖""川观文学奖"等奖项20余项。已出版《方块字》《瘦行书》《客骚》《灵魂密码》《如此干净的身体》等诗文集10部。

豆花谣

杨角

四月鹧鸪叫

黄豆下地,为一碗豆花

埋下伏笔

五月里豆叶茂盛

豆荚饱满,那是一碗豆花写给

大地的宣言

到七月,所有黄豆

皆颗粒归仓,一碗豆花坐在餐桌上

如平地升起一轮太阳

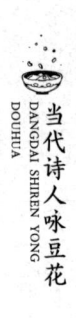

在川南富顺，有很多人
为一碗豆花活着，为一碟荷香蘸
寻死觅活

十二月，大雪封门
一碗豆花转世为雪花，在一勺胆水里
找到前世与今生

杨角，四川宜宾人。中国作协会员，宜宾市作家协会主席。作品散见于《人民文学》《中国作家》《诗刊》《十月》《星星》等，被收入多种选本。获过奖。出版个人诗集7部。

从此以后
蒲永见

那一夜
在富顺酩酊大醉
第二天早晨
一碗豆花
让我神清气爽

从此以后
每每醉酒时刻
一股股清香
就会像豆花一般
穿过成都平原
飘然来到

我的身旁

蒲永见，1963年11月生于子昂故里射洪，现居李白故里江油。中国诗歌学会会员，四川省作家协会会员。20世纪80年代开始习诗，其诗或口语，或抒情，或意象，全凭心情和心境而论。曾在《人民文学》《星星》《诗歌月刊》《诗潮》《诗选刊》《四川日报》《现代艺术》及"新世纪诗典""磨铁读诗会""甲鼎文化""南方艺术"等报刊网发表诗作500余首，出版诗集《穿过》。诗歌曾入选《新世纪诗典》《当代诗经》《一九九一年以来的中国诗歌》《2018中国口语诗年鉴》《磨铁最佳诗歌100首》《2018四川诗歌年鉴》《2021—2022四川诗歌年鉴》等选本。曾获《新世纪诗典》李白诗歌奖文化奖、铜诗奖等奖项。

我吃着这豆花

吴海歌

我吃着这白嫩、细腻,入口即化的豆花。
感到这生产之地——四川富顺,
这里的人,多么亲切!

不仅如此。我还联想到风雨已去,
或风雨即来。这些与豆花有关。
与豆荚豆梗纠缠不清。
不仅如此。我还想到

田埂,骄阳或月影之下。我们的影子。
镰刀或锄头。甚至剑戟斧钺钩叉。想到朝代更迭。
这些坚硬的消逝。却带给柔软的豆花,不断地衍

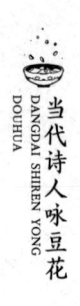

生。
我吃着这豆花，念及亲情、友情，和爱情。
对兵戈烟尘滋生一种厌恶。我想到

贫困年代的乡下姑娘的婉约和内心的惆怅。
她的纯朴，和连绵不绝的思念。

我想到很多。我要感谢现在。
我吃着川南富顺，这富足的友情、亲情，和爱情。
这过去与将来。这实与虚。这回忆与回味。我吃着

这白嫩、细腻、润滑的带花的食品或植物的果实。
我吃着这成品或半成品，这一路的辽阔和溪流。

在之前，我喝着这豆浆。之后，豆花呈上桌面。
我便开始遐想和细品，这人生况味……

　　吴海歌，本名吴修祥，1953年生于重庆永川。中国作家协会会员，重庆市作协第二届全委会委员，永川区作协第四

届主席，第五届、第六届名誉主席，《大风诗刊》主编。曾在《人民文学》《诗刊》《星星》《诗选刊》《中国诗歌》《清明》《飞天》《知音》等报刊发表诗歌和评论。著有个人诗集《等待花开》等5部。作品曾获诗刊社"珍酒杯"、《诗神》月刊"诗神杯"、《星星诗刊》"郎酒杯"等多项诗歌奖，作品入选《中国〈星星〉五十年诗选》《中国诗歌年选》《21世纪诗歌排行榜》等多种年选本。主编《1999—2005中国新诗金碟回放》《中国·大风十年诗选》《百年新诗2017精品选读》等诗集多部。

富顺豆花

张春林

在富顺,石头以成为石磨为荣
石磨为豆花而生
没磨过大豆的石磨
不能叫石磨,如同
没点过豆花的铁锅不能叫铁锅

如果豆腐是大豆的黄昏
豆花就是正午
这与盐同肤色的美味
需要胆水用胆识
将豆浆变得
用一双竹筷也能夹起来

窨水多数时候不作声
只将刘光第曾经的清苦
掐头去尾，留下微甜的那一段
把头晚醉酒的人悉数拉回来
而糍粑海椒蘸水不同
它怀抱数十味中药精华
在蘸碟中发出绵延千年的啧啧声

当晨雾将一座古城包围
不见人影，但闻人声
——十里八乡都在喊：
"老板儿，来一碗豆花儿！"

而我，与奔赴富顺的高铁
擦肩而过
呆坐长江之头
我看浪花翻卷如看豆花摇曳
止不住

清口水长流

　　张春林，四川宜宾人，中国诗歌学会会员，四川省作家协会会员。有诗作在《中国作家》《十月》《星星》《芒种》等刊物发表，出版个人诗集《月亮把圆满分给人间》。

在富顺，端豆花上桌

李华

要不是当过知青，真还不知
人间哲学最基础的母本
竟在乡村。具体到一种家庭
必备——当石头做的齿轮
把黄皮肤的小坚硬磨砺成纯朴，那种麻布过滤
也算传统得不能再传统的谆谆教诲吧。还有
要不是亲自点一次豆花
绝对感受不出千古不变的
慢工出细活的思想光辉。
端豆花上桌

与请豆花进城,那都是一种警醒。腻歪
是不能持久的。一个人的肠胃,
那就是个混沌世界
宰相肚里能撑船,很多时候
还得借助于清汤寡水
作为土生土长的富顺人,我
没多数人的豪情万丈
吃豆花就吃豆花。但凡爽口了
清汤了,就心满意足
抬起头,悄悄眯一下远方
有时候是出自家的门,走了
一些不为人知的小路
也趁机走了好多步公家的大路。
更多的时候
画一个小天地,种几棵葱葱蒜苗,
好做豆花蘸水
就图肤浅得一清二白

李华，四川富顺人，中国作家协会会员。出版各类文学作品39部，关于自贡本土的作品包括《名城自贡》《民间盐语》《沿着自贡诗歌地图》《盐都》《草草儿》等。

第一辑　舌尖美味

富顺豆花

白玛曲真（藏族）

说富顺，就想起豆花
想起那些，吃豆花长大的人
他们在自己的故乡，心安理得地活着
不远离，不抱怨
偶尔写诗喝酒。一碗流传千古的豆花
足以待天下来客

因为一道菜，成就了一座城特有的味道
因为一道菜，川西坝子人人向往
因为一道菜，富顺人
守住故乡的风景线，把一颗颗豆子
蜕变成，五彩斑斓的日子

远方的豆是远方的

富顺豆是富顺的味觉，若你想来品尝

记得带上美酒，带上青梅竹马的朋友

在富顺街头，一口豆花一口酒

从早到晚，不醉不归

　　白玛曲真，藏族女诗人，1973年生于四川省凉山州甘洛县。中国作家协会会员，甘洛县作协名誉主席。1990年开始文学创作，诗歌散文散见于全国各地各类报刊。已出版诗歌集《叶落晚秋》《格桑花的心事》《彩色高原》《在低处行走》《我钟情的事物匿于时光》《那些过去的岁月》《遇见自己》等。获四川省第五届少数民族创作奖。

我只爱富顺豆花

周苍林

有一种香
弥漫全城
那是你散发的体香

有一种白
焕发玉石的光芒
那是你柔嫩的肌肤

有一种味
唇齿留香
那是你献出的热吻

有一种美

是美人中的美人

那是你应有的赞美

有一种名

千古流芳

那是你延续的魅力

就像环肥燕瘦

各有所好

在享有豆花之城美誉的富顺

我只爱富顺豆花

　　周苍林，四川武胜人，中国作家协会会员。曾获第四届《四川日报》文学奖，著有诗集《大地有天空一样的辽阔》《回到》《喊一声》《落在地上的闪电》《一树歌唱的叶子》。

像一种呼唤

龙远信

像蜻蜓。我喜欢她们蹑手蹑脚的
样子,无遮无拦的样子

追随一地黄豆
成为乡间的序曲,轻起轻落

平淡流年里,我们相信,自制一些泡沫
和沸点,便有惊奇——天地自有逻辑

豆花的心,是母亲的心
柔软,细腻,入口即化,入心即化

豆花的呼唤，是母亲的呼唤
隔了几匹坡，几万年，依然听得见

我们在白云下生活，低头劳作，抬头仰望
与一碗豆花相亲相爱，情意绵长

以一碗豆花之名，敬天，敬地
把小米椒，葱花，香菜，香油，熟芝麻

搅和在一起
就有了心中杂陈的五味

就有了动静。听，这些细微的声音
正从富顺老家传出，袅袅娜娜

我们回应着，与一碗清清白白的
豆花一起，构成了生活的寒暑

龙远信，重庆永川人。中国作家协会会员，重庆市永川区作家协会副主席。作品散见于《人民日报》《诗刊》《星星》《诗神》《绿风》《诗林》《诗歌月刊》《草堂》《品读》《红岩》《福建文学》等报刊，入选多种选刊选本。著有诗集《风，继续吹》。

富顺豆花

陈宗华

一双筷子撅起白浪生舟
蘸糍粑海椒,献丹白柔情
沱江为此留下九十四公里风光带
要加入盐帮史料
才上得了舌尖码头
出落群团白鹭徜徉江畔

种豆得花,浆汁是清鲜的
点卤得花,手法是简约的
这样的"水货"有胆巴撑腰
每一个后生都有一张虎背
豆花儿正是壮骨极品

谁个见了不垂涎三尺？

知道用岩上土话怎样去说——
把蓝天当gào（告）水，把白云当灰馍儿
满满一锅，给归来揭盖的他如愿惊喜
"还是豆花儿消解长愁！"
梦得见端得着，就好这一口
山珍海味都难以诱惑

凝脂清白，软玉等身，快意恩仇
清淡生活也用料最好。即便身陷困局
也不改水中飞天或江湖侠女
沱江九十九道湾九十九个滩几回回头终不悔
蝉音高讴船工号子，勒石的重负牵绊在肩
患上怀乡病，惟豆花儿可医治

胎盘与羊水，豆花儿与gào（告）水
谁是天，谁是地，谁是谁的感应？
豆花儿善于用筲箕镇松散，用快刀划方圆

看似不屑尖端的科技狠活

却异常清醒：只要出世便能维新处事

家是国的最小原味儿……

注：gào 水，方言，指点卤成豆花儿后的豆花水；灰馍儿，方言，即豆花儿。

陈宗华，男，1970年生于四川省泸州市泸县，中国作家协会会员。在《诗刊》《星星》《绿风》《扬子江》《诗选刊》《诗潮》《北京文学》《四川文学》《天津文学》《广西文学》《鹿鸣》等纯文学刊物发表作品，出版诗集《流水的张力》《泸州物语》。荣获2019年冰心儿童文学新作奖，诗集《泸州物语》荣获第三十一届"东丽杯"鲁藜诗歌评选优秀诗集奖等。

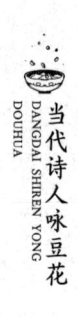

富顺豆花

董洪良

嫩,真的很嫩啊——
褪去叶的青绿
剥开豆荚和生活表面的外衣
磨浆加热并加上卤水,就能抱火而眠
显露出白与绵密

没有哪一棵豆苗
不在生养自己的大地上绿一次
然后,又被季节的风吹灭
它们隐藏的热爱
有着不起眼的爱和悲喜

因此，在一碗豆花里

我们可以窥见大小不一的伤口

胆汁，和某种人间清白

那无语的静默

仿如一块绵软而慈悲的石头

而在富顺吃豆花

我每次都刻意不放任何蘸料

面对那种庄严而圣洁的白时

我试图发掘出身体深处的柔软

和骨头里纯洁的东西

  董洪良，中国作家协会会员。作品见于《十月》《人民文学》《中国作家》《诗刊》等刊物。发表中短篇小说若干。作品入选多种选本和年选。出版诗集《嵌骨的爱痕》。

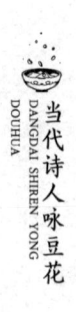

在坎布拉,想起富顺豆花
刘强

蘸料涂抹在豆花上
不等我闻清楚它的香味
一碗豆花便消失在
我思念和肠胃的乱世

我又要了第二碗
豆花蘸着蘸料,一小口一小口
冥思苦想般,从人世沉下去
豆花的魂,浮起来

那是多年以前,在富顺
与富顺的朋友们大酒后

即将分别的第二天早上

今天我在坎布拉
看不见炊烟的丛林中
肚子有些饿
心有些空

刘强,四川江油人,四川省作家协会会员。有诗作刊发于《诗刊》《星星》《四川文学》《滇池》《人民文学》等刊。

富顺豆花写意

许庭杨

只有富顺的泥土，才能给大豆
绵延不绝灌注香气，只有富顺的水质
才能把大豆滋润出喜悦
才能谈恋爱一样把营养和味道
诉说衷情一样在豆花里聚集，缠绵着
孕育出富顺豆花洁白如雪的身体
诱惑每一个食客喷涌出食欲
特别是浓郁的豆花香味
如同美人身上散发的气息
醉得食客一身通泰，难以拒绝

富顺豆花如同富顺才子

以文章千古的情怀和文名在川南崛起
鲜嫩，是富顺豆花显示骨感
浓香，是富顺豆花袒露丰腴
绵而不老，嫩而不溏的感觉
累得我的热爱气喘吁吁
富顺豆花因其独特的色香味
人见人爱，人见人夸，人见人沉迷

富顺的土地装不下豆花的香味，只能
任岁月揽着她的腰肢，在中国各地
留下香喷喷的足迹

　　许庭杨，男，四川省作协会员。曾在《中国作家》《诗刊》《星星》《青年作家》《四川文学》《红岩》《西南军事文学》等文学期刊发表过诗文作品。有作品入选《新诗一百首》《四川百年新诗选》等选本。

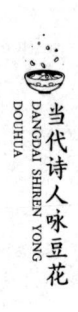

豆花里的童话
夕颜

从成都回泸,一路瞌睡
途经富顺,被一朵豆花唤醒

不饿,但吃豆花不一定要饿
下车!

豆花如雪,轻颤于碗中央
如晨露凝结成霜,如月光洒落的凉
一碗豆花放在桌上,顿感时光柔软
有歌声清浅低唱

故事里,古镇的石板路

披着千年风霜
两旁老屋，古旧的安详弥漫开来
我轻步走过，生怕惊扰一片落叶
怕一转身，便丢失这童话

豆花的香味，飘到哪里都是一张网
网住了童年，网住过往
网住还未来得及抽枝的梦想

一碗豆花，便让这富顺的夜，如星空般明亮

夕颜，本名陈艳秋，红酒国际品酒师。四川泸州人。四川省作家协会会员，泸州市作家协会理事，泸州市龙马潭区作家协会副秘书长。在《解放军文艺》《青春》《草堂》《星星》《诗选刊》《天津文学》等文学刊物发表作品数十万字。有诗作获全国奖项。

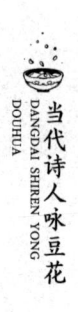

是生命的清苦,或是内心的冰清玉骨
周春文

川南的山乡　只知道
一片月色　笃定为伊人明亮
而川南的黄豆　谁曾想
穿过田埂　躲避牛羊
不经意的一眨眼　早已变作
伊人手中那一碗豆花
垂涎欲滴　清清爽爽

你吸取了川南山野的灵气
不然你不会活色生香
你饱受了鲜活生命的磨砺
不然你不会岁月流芳

生活中极其简约的工序
让你变幻了化腐朽为神奇的力量

富顺豆花　川南黄豆
在人声鼎沸的世界里
你依然素面朝天
冰清玉骨

周春文，中国诗歌学会会员，中国散文学会会员，四川省作协会员，四川省自贡市作协副主席。长期从事散文和诗歌创作，有作品发表在《四川文学》《青年作家》《星星》《边疆文学》《湖南文学》《天津诗人》《环球地理》《四川日报》《四川农村日报》《四川文艺》《四川作家》等报刊。在中国作家网、中国诗歌学会网、长江诗歌网、川观新闻、四川作家网、西部文坛等各级网络平台及省市县级报纸杂志发表作品500余件。出版有散文集《一生的阳光》《光阴的路口》、诗集《为你转身》《云上行走》四部作品。

富顺豆花对雪花的记忆

王文炳

屋檐一隅。
石磨和黄豆窃窃私语
——大山屏蔽的空白,和天空
放大的想象
如同坚硬的哲理研磨出的
纯净语言
远处的风雨,从檐角带走没说出的
秘密

而母亲一圈一圈地转动
用脸上和日子里的褶皱
拼凑一个生活的圆

我们和那些燕子叽叽喳喳的

叫声一样

在圆的周长上寻找自己的半径

当一片又一片白嫩的雪花

从铁锅飘到桌上

覆盖着生命中的沥米饭、海椒和鱼香

古井旁的乳名,又一枝一枝地

在故乡长出春天的模样

仿佛又把干瘪的果还原为一颗黄豆:

饱满而自足

多年以后,常想起母亲离开的

那个冬天。川南少有的雪花

多么像母亲制作的最后的豆花

——豆花是乡愁。雪花是摇晃人生的

暗喻

王文炳,男,四川富顺人。中国自然资源作家协会会员，中国诗歌学会会员，四川省作家协会会员，四川省散文诗协会会员。在《人民日报》《诗林》《星星》《辽河》《青海湖》《滇池》《海燕》《百花》《江河文学》《中原文学》《奔流》《文学少年》等40余家报刊发表诗作。出版诗文集《命运的散章》。

儿时的豆花印象

罗芝家

杀牛都等得
小时候听到的一种声音
在记忆深处扎了根
懵懂的童年
不懂得其中的奥秘
还误解为杀牛容易得很
但疑惑更多起来
那时的耕牛　农家的根
殊不知　那是因为
遵循诸多严格程序
到了火候之后
方能上得了餐桌

看在眼里　馋在嘴里
如同见到久别初恋的
哪怕等上一分钟
都感觉等了一千年的
那白白嫩嫩的石磨豆花
生怕落地又撅得起来
每隔一段时期
都企盼着能尝上一回
脑海里也必定回味许久
现在想来　依然难忘
曾吃了上顿愁下顿的
儿时　虽已埋进档案
却着实牵动神经
阵痛了一代人　如今
千年盐邑雒水滋养的
富顺豆花的传承弥新
早已穿梭在大江南北
烙上了时代变迁的履痕

罗芝家，男，四川富顺人，中学高级教师。参加过自学考试、文学和诗歌创作函授。四川省作家协会、四川省散文学会、四川省诗歌学会、自贡市作家协会会员，富顺县作家协会副主席，富顺县散文学会副会长，富顺县历史文化研究会副会长兼秘书长。有教育教学论文、诗歌、散文等发表或获奖。著有诗文集《忘不了山乡那弯月》《风雨如歌》《一片咖啡叶》。

豆花　白玉般的天使

吴雪莉

玫瑰的芬芳越来越远

雪已经卷起翅膀

只有它借着我的海水

停留　绽放

安静　回旋

四季以待

有时　我返回它的梦里

返回乡村的院子

恍惚之间　有一种光芒

澄明洁白昏黄像光阴里的碎银

在翡翠般的葱花里染绿

在红玛瑙的蘸水里

荡漾怀想

原本生活的多重磨砺挤压
原本爱情就埋在饱满的豆粒中
却能引而不发
它先于百花来到人间
无惧风霜苦难世间凉薄
星星点点的花絮
不断走失汇聚合拢超越
用它全部的碎片
凝结成白玉般的天使
像一个奇迹
给我无尽诱惑
最终　以一种纯度推开想象
抒写着献祭之词
它的灵气和五味散了四面八方

吴雪莉，四川散文学会会员，自贡市作家协会会员。写作多年，曾获大大小小征文奖数次。出版诗集《青山诗笺》。

梦里乡愁

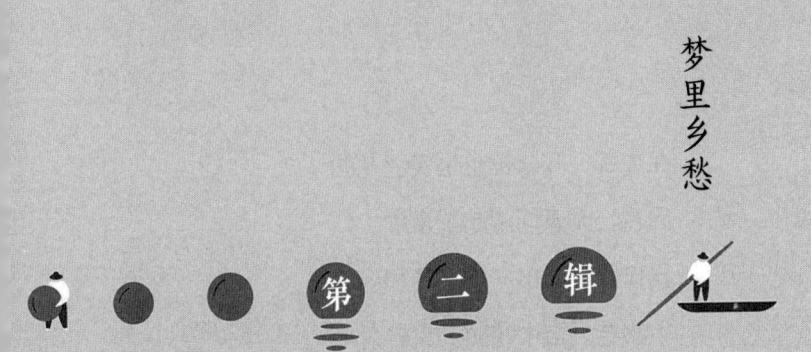

第二辑

想念富顺豆花

张新泉

在成都,和一位也是卖豆花的
同乡,无意间聊起了富顺
异口同声报出一串地名和店名
韦家巷。市中花园。大转盘
李二豆花。余三豆花。白玉豆花
边说边安抚勃起的味蕾
不露痕迹地各自吞着口水
他说,如果回去,头一顿起码
整三碗豆花三碗饭
把海椒碟子消灭干净
倒掉盅里的茶水,盛满甜汤
立刻眉清目秀,走路有韵

说到兴奋处，我们决定
明早开一个大货车回去
买半车蘸水，半车豆子
那是些扁而有肚脐的富顺黄豆
你喊它一声，它们就会回你一句：
老辈子，一万年我们也不会转基因！

张新泉，成都市文学院特邀作家。著诗集多部。作品曾获首届鲁迅文学奖，第五届郭沫若诗歌奖。

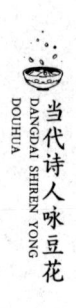

富顺豆花

李加建

一说起豆花就使我想起儿时的家乡
想起消失了的洁白河滩与古老的城墙
想起更夫拉长的身影和报时的竹梆声
回荡在熟睡的幽深曲折小巷
而今的豆花依旧是我儿时一样的纯白
享用它得佐以酱油的深沉辣椒的热烈和芫荽的芳香
于是我写下这些分行的文字
为了和家乡的豆花永不相忘……

　　李加建，男，1936年出生于四川富顺县。12岁在中共地下党领导下从事进步学生运动，13岁参加中国人民解放军。

经历实战，调空军某部担任军事技术工作。1954年12月退伍，开始文学创作，有诗集、杂文集、随笔集、短篇小说和长篇小说多部出版。

第二辑 梦里乡愁

富顺豆花

李自国

邂逅的美丽,云水中的渴望
一个涉世未深的女子
在人心里穿梭,豆蔻的年华
在锦衣一袭的炉火里
涌出甘泉,爬满老县城中央
被年华润泽过的数仞宫墙

来一碟正宗的糍粑海椒吧
富顺的人情味会变得更厚道
来几瓣香蒜,一支藿香
让外县人外省人垂涎三尺夸口如潮
哦,富顺豆花,走进岁月深处的一首民谣

你的睿智写满时光的族谱
你带来的美味，写满人心的斤斤两两

豆花不是花，一颗质朴而好客的心
种进锅里，风来敲门时
豆花已开，一碗热气腾腾的家常
让豆花之城的迷津
素面朝天，木鱼上树之后
每张岁月的容颜，走漏春光

豆花就是花，花的肤色
花的鲜嫩与妖娆，仿佛洁白如雪的
花朵，绵而不老的花朵
开不败煮不烂的花花朵朵
每一瓣对佳肴的非分之想
都让我长相忆，在涟漪的梦中
每一瓣送别亲友的短句
都让我长相守，在豆花悠扬的故乡

李自国，四川富顺人，中国作家协会会员，中国诗歌学会理事，四川省诗歌学会副会长，国家一级作家，《星星》诗刊原副主编、编审。1983年弃医从文，已在国内外各大报刊发诗千余件，出版诗集《第三只眼睛》、《告诉世界》、《生命之盐》、《行走的森林》、《骑牧者的神灵》（中英文）、《富顺，和它醒着的鱼》等16部。作品入选百余种选集，曾获四川省文学奖、中国第三届长诗奖、新诗百年优秀作品奖、郭小川诗歌奖、2024中国诵读文学贡献奖等。

梦见豆花

聂作平

梦见豆花,梦见一碗豆花
像一颗星星
闪烁在童年的方桌上

一碗豆花,要从一粒黄豆
到一茎豆苗,再到南山的一亩豆田
黄豆在成为豆花之前,它要次第经过
父亲的手,母亲的手,隔壁王大妈和
李二娘的手。从种植到收获
从剥豆到晒豆,从磨豆到煮豆
当一碗豆花端上桌子
一粒黄豆,就完成了毕生的修行

功德圆满

多年来，我出没在距离豆花
两百公里外的异乡
故乡的事物渐渐模糊
如同少年时那些金属般的梦想
渐渐生锈。今夜
梦见豆花，顺便也梦见了
种豆的人，磨豆的人
煮豆的人，把豆花端上桌
又把空碗捡下去的人
我认识他们中的一部分，就像我
如今只认识，故乡田野上
与豆苗伴生的一部分杂草
它们和豆苗一样朴素，亲切
像是多年不曾走动的老亲戚
只是，我再也无法脱口喊出
那些曾经熟悉的名字

多么快速的遗忘啊

甚至要比白发来得更快一些

骤雨初歇的夜晚，梦见豆花

窗外，浮起一颗星星

洁白而小的星星

像一碗两百公里外的豆花，提醒我

回家吧

回家呀

聂作平，四川富顺人，中国作家协会会员，已出版著作40余部，主要有"中国神话故事"系列（被列入向青少年推荐的100种优秀图书目录及"中小学基础阅读书目"，行销近300万册）及《此情可待：李商隐的人生地理》《天地沙鸥：杜甫的人生地理》《一路漫行：在路上，发现最美中国》《大地的细节：在路上的中国风景》等，曾长期为《中国国家地理》《南方周末》等报刊撰稿。部分作品被译为外文。

豆花三味

凸凹

素食中的荤食,荤菜中的素菜——
一位伟人对豆腐的南方论述
让处西的豆花找不着北,打了个
满山花儿也接不住的擦边球
花非花的厉害之处在于,不管谁做东
蘸一下,约等于一字千金的舔墨

青菜豆腐各有所爱
是一种比喻
对那些总爱吃醋吃豆腐的人来说
只有来一碗富顺豆花
才能让酸酸的长夜

被一位碱姓的女子洗白

是水做的,却一点不水
是黄豆做的,却有深雪的白
那种撒豆成兵的本事
让我野蛮的味觉
长再大,大不过一粒豆子的隔夜相思
跑再远,跑不出一粒豆子的十面埋伏

凸凹,本名魏平,1962年生于都江堰。出版有诗集《蚯蚓之舞》《水房子》、长篇小说《甑子场》《大三线》《汤汤水命》《安生》、中短篇小说集《花儿与手枪》、散文随笔集《花蕊中的古驿》、批评札记《字篓里的词屑》等20余种。编剧有30集电视连续剧《滚滚血脉》(2009年播映)。获中国2018"名人堂·年度十大诗人"、2019"名人堂·年度十大作家"等荣誉及杨升庵文学奖、刘伯温诗歌奖、冰心散文奖等奖项。现居龙泉山下。

穿过豆花之城古老的街巷
银莲

在露水里发芽
带着天生不认命的倔强
一粒黄豆走出内心的辽阔
穿过豆花之城古老的街巷
从才子之乡
富顺千年文庙出发
用脚步丈量远方

奔波于异域山川
面对顺境逆境反复碾磨
眼睛里有早起的太阳
汗水里有井盐

骨头里有卷舌音

端一碗米饭硬朗朗

舀一碗豆花嫩咚咚

打一碟糍粑海椒辣乎乎

在热辣滚烫的少年记忆里

返回山水相亲的故乡

  银莲，中国作家协会会员，成都文学院签约作家，四川省艺术产业协会主席。著有诗集《爱在成都》《时光的河流》《月亮上醒来》等多部，诗歌作品入选中央广播电视总台《诗意中国》节目，入选《中国新诗排行榜》《国际汉语诗歌》《中国儿童诗精选》等年度选本。

豆花辞

印子君

在富顺古城,我端着一碗豆花
从东门走到西门,从南门走到北门

一路上有河风跟随,一遍一遍
翻动我的衣服,像翻看一本词典

从东到西,我叫了豆花一声娘子
从南到北,豆花叫了我一声相公

我挺直身板,面带微笑,但一颗
扑扑跳动的心,随时要蹦出来

轻轻迈着脚步，我反复告诫自己
决不能辜负豆花一路陪伴

千万不要因为自己的疏忽大意
把一个冰清玉洁的女人摔碎

端着豆花，每一条街道被踏磨成
一把刀入了鞘，我成了最强悍的男人

从西门走到东门，从北门走到南门
古城每一个方向都是我回家的路

但我并不急于带着豆花回家
有一种幸福永远在回家的路上

在人们的艳羡中，我沐浴着霞光
而豆花悄然绽放成满天洁白的云朵

印子君，四川富顺人，生于 1967 年 7 月。中国作家协

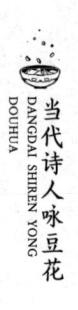

会会员，成都文学院签约作家，成都市龙泉驿区作家协会副主席，富顺县作家协会顾问。有诗作见诸《诗刊》《星星》《诗潮》《诗歌月刊》《北京文学》《四川文学》《草堂》《青年作家》等，并入选《中国年度最佳诗歌》《中国年度诗歌精选》《中国诗歌排行榜》《中国·星星50年诗选》《四川百年新诗选》等。多次获奖。出版诗集《灵魂空间》《夜色复调》《身体里的故乡》。

豆花少年

曾志明

七月的豆子熟了
她说，去你家不
推一碗豆花

同学是位美女
街上的娃儿
都说她有一点像
小小西施

我是个农村娃儿
没去过县城西湖
我只在鲁迅那里读过

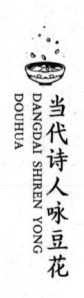

那是我们一起读的

七月的稻田很是宽广
绿茵上铺满行行白纱
那是村里的姐姐
准备嫁妆

同学就说
七月的乡间
真是灿烂
她非得让母亲带着
去田坎采豆
还问母亲，一颗豆
怎样变成花

那天的豆花
特别鲜嫩
一桌的同学
喝了些高粱酒

脸上就闪动青春模样

多年了，我回到故乡
也点了碗豆花
西湖边上
感觉碟子
多了些味道
哪来的老泪掉进来
我舌尖
特别苦咸

　　曾志明，四川富顺人，中国作家协会会员，泸州市江阳区作家协会主席。在全国省市各级报刊发表诗歌、散文、词赋、歌曲等作品数百篇，公开出版文学著作《红烛有时很寂寞》《漫步遐思路》。作品《三线童谣》《心中流淌着一条红色的河》《习语声中丽景开》获全省一等奖，并有多篇作品登上学习强国平台。参与创作、策划的广播剧《长大后我就成了你》获四川省"五个一工程"奖。

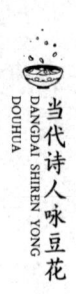

富顺豆花
逸西

拿一双筷子，挑开洁白如雪的身段
适中夹一块放进嘴里。细嫩又甘甜的感觉
是故乡的味道。再撵一小撮搅拌均匀的蘸水
放进嘴里，故乡活蹦乱跳的山色活血生津
游走在浪迹天涯，疲惫不堪的身心里

富顺豆花在富顺大街小巷，食客络绎不绝
每一块招牌下，活水生香的影子，在一碗碗
白嫩绵软又厚实的日子里，佐以一瓣大蒜
打开味蕾，令人
有品不尽的人间百味

逸西，1963年生，四川富顺人。中国作家协会会员，四川红星（省直）作家协会诗歌专委会副主任。居成都。

我也是一碗富顺豆花
涂拥

黄皮肤的种子,来自富顺赵化
戊戌六君子刘光第住在我隔壁家
那片土地上,我们发芽、开花……
结出饱满思想
不再小菜一碟,仅供凉拌、煎炒
而要再次开花,以洁白芬芳
端放岁月的餐桌上

在此之前,我们得先被石头或钢铁
重重碾压,胆水调教,火焰煎熬
反复挤压凝结为白云
开成一朵鲜嫩的花,还不够

还必须加一碟生活的蘸水

放入芝麻、花生、香油、糍粑海椒……

带着酸甜苦辣，陪伴甑蒸米饭

最好还有一杯泸州老窖

这样可在酣畅淋漓中

口齿生香，不断喊叫：爽

如今我从沱江来到了长江

仍看到人们喜欢用一碗豆花

调和早晚的油腻

让日子保持一种清香

想到自己也是一碗富顺豆花

我不敢变老，与青菜为伍，必须质白如玉

只将一锅甜水换成了春江荡漾

涂拥，四川泸州人，中国作家协会会员。有组诗发表于《诗刊》《中国作家》《星星》《作家》《诗选刊》等刊，有诗作入选多种年选。

外祖母的豆花

汪涛

空气中飘起豆花的香气
外祖母躬着腰一丝不苟
在铁锅里搅动着。石磨磨出的豆浆
慢慢就变成雪白的豆花

豆花的香气飘得很远很远
一个少年在饥馑的睡梦里咽着口水
穿透墙壁,穿透厚厚的岁月
成为一个人抹不掉的记忆

看见饭桌,看见一个碗,一个碟
看见一双筷子,看见红辣椒

看见雪白的绵软软的食物，看见
一只冒着热气的盆，就会有
那种熟悉的香气扑鼻而来

今日田野上，看到青青豆秆上
坠满毛茸茸的豆角，突然就闻到
一阵阵浓浓的香气。我知道
外祖母在地下又在点豆花了

汪涛，四川宜宾人，诗歌散见于《诗刊》《星星》《扬子江》《草堂》《绿风》等刊。著有诗集《第51个汉字》《飘动与静止》。

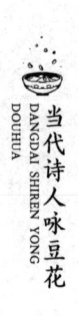

富顺豆花，散发着浓郁的烟火气息

何文

无须借助春风
在富顺，一双巧手
再配一腔热情
便可让一碗豆花盛开

入眼动情，扑鼻悦意
由此衍生出开口、开胃、开心
身心俱开

与一束玫瑰相比
一碗豆花更贴近生活
蕴含的人情味

更能维持家庭的温馨

以一碗日常的豆花待客
就是将你当成自家人
刚出锅的豆花
让你品出滚烫的热情

在富顺,如果被豆花嫌弃
金碗也只能用于乞讨
在异乡,一份家常豆花
会是一味疗治思乡病的良药

富足而顺意,豆花是
这片土地最含蓄朴实的注解
大道至简,素洁的豆花
是散发着浓浓烟火气息的民间隐士

在富顺,因为口含豆花
我无法说出对生活的赞美

何文，男，汉族，四川天全县人，生于1970年代，四川省作协会员。有作品发表于《星星》《四川文学》《十月少年文学》等刊物。有作品被《青年文摘》《意林》等选载，入选花城、漓江等多个出版社年度选本，出版诗集《血液里的火》。

与弟书

孟松

兄弟，如果生活本就是两扇磨
作为一粒粒豆子
你看啦，它们怕没怕过粉身，和碎骨？

兄弟，如果生活本就是那口大铁锅
作为磨成浆的一粒粒豆子
你看啦，它们又怕没怕过煎，和熬煮？

兄弟，作为富顺人就要像个富顺人
再艰，再难，再苦，再累
你看啦，做人都要向每一粒豆子学习

兄弟，既然你我本就是一粒粒出生于川南富顺的
豆子
任何时候都绝不能拉稀摆带
你看啦，那一碗碗豆子熬成的豆花，亮出的白在
照亮着你我的骨头

　　孟松，警察，四川省作家协会会员。偶有作品发表并入选多个权威选本。出版诗集《来自月亮背面的文字》、《白花的白》（四人合集）。

豆花里的乡愁

赵永生

开向旷野的花是姐妹

开上舌尖的花是女儿

她们终将成为母亲

母爱幽深

有如一口千年不竭的盐井

在富顺

一粒豆子的年华里有水的腰身

玉的容颜

与风缠绵过的事物四季温婉

当母亲点水成花

乡愁

便落地生根

在富顺
乡愁是一声卷舌的吆喝
是高桌子矮板凳
是每一个清晨里的热气腾腾
豆花里的咸淡清欢

赵永生，笔名流云飞渡，云南建水人，陆军退役上校，中国诗歌学会会员，四川省作家协会会员。作品见于《国际诗歌翻译》《星星诗刊》《扬子江诗刊》《青年作家》《西南军事文学》《四川文学》等期刊，部分作品收录于《诗收获 2019 年秋之卷》（李少君、雷平阳主编）、《双年诗经 2019—2020》（唐诗主编）、《中国民间短诗精选》（木棉古丽主编）等多种诗歌选本，出版诗集《一池绿锈》《刺青》《黄昏辞》，获第二届李煜文学奖。

豆花，这朵花

郑劲松

豆花，一直是代言家乡的
山村美女。你的内心一定
住着一枚上等好玉
如同一粒种子，开花
是一种美好的命运

必须住在山间，在田埂
在草丛，内心始终怀着金子般的信念
当叶子由嫩绿变得金黄
一棵豆苗完成了最辉煌的旅行

是母亲的手温柔地将你捧起

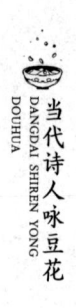

放进石磨,恩爱在上,慈祥在下
一次次磨合,一圈圈旋转的天地日月
流出高贵的灵魂,白色的乳汁

而后,你在滚烫的目光中
动人地凝结,一朵白色的花
就在锅中开放。这朵又富又顺的花呀
和辣椒组成一家,芳华清香四溢

应当知道,一粒黄豆化身豆花
必须从春天到秋天的距离
必须历经三生三世的修行
必须进入你的五脏六腑百折千回
才能与你相知相遇。除了她
没有一朵花能与你互为故乡

面对她,我的眼睛都是土地
此刻,天空蔚蓝如洗
既然人生如豆,那就学习豆花

在不断的碾磨和压榨中纯洁地盛开

郑劲松,四川富顺人。现为西南大学档案馆、校史馆、博物馆副馆长,重庆市散文学会副会长,重庆市北碚区作协副主席。文学作品曾获中国新闻奖(副刊奖)、孙犁散文奖、徐霞客文学奖、林非散文奖和重庆日报文学奖等,出版有散文集《永远的紫罗兰》、合著《红岩家书》等。

一碗豆花里复制乡愁

张广超

"初夏,我正陷在一首诗里
紧紧捂住心头的裂痕
一场风暴过后
一滴水与另一滴水完成了彼此的叙述"

——纸上,我看见沱江水滋润村庄、田野
和母亲弯腰收割黄豆的背影
仿若盐场卤水在乳白色豆浆里回旋

时光拒绝时光
我无法拒绝富顺豆花的灵魂
——绵而不老、嫩而不溏、洁白如雪、清香悠长

像一朵云复制另一朵云

此刻,多想给异乡的云朵掏出窟窿
一勺、一勺,填满我的唇间
故乡的味道,妈妈的味道
又回来了

张广超,四川富顺人,军旅多年,居于北京。中国作协会员,北京顺义作协理事。有诗发表于《诗刊》《星星》《诗潮》《诗选刊》《扬子江》《诗歌月刊》《作品》《北京文学》《解放军文艺》等刊物。《今日国土》、"中诗网"签约作家,获有全国性各项征文奖。

寄给富顺豆花

高仁斌

我不想把一道早餐形容得过于浪漫
亲爱的豆花。只有夏夜的微风知道
我们在大地上相爱的秘密

那些你曾绽放的田垄,埋葬过我们的欢笑
直到秋收之后,我终于找到了
前世为你写下的,带着泥土芬芳的诗行

我想为你唱一首歌,亲爱的豆花
这座城市这个世界有那么多人追求你
他们都想拥有你

但只有我愿意属于你
属于你因盐而生的前世
属于你朴实无华的今生

高仁斌，笔名沙岩，四川富顺人，中国作家协会会员、自贡市作家协会主席、《自贡作家》主编。已出版有散文集《富顺：另一种阅读方式》《豆花：一座城市的浪漫主义》《读城笔记》《城里乡愁》《远去的云彩》、诗集《偶然之约》、长篇小说《尚城时代》七部。主编地方文化丛书10余部。

有一种花开得撒豆成兵

田一坡

有一种花开在味蕾的故乡深处
有一种花需要石磨一圈又一圈打磨
有一种花流着细腻柔滑的浆汁
有一种花仅仅在粉身碎骨之后才盛开

有一种花被人喊得亲切无比
有一种花需要你含在嘴里,用唇齿
品咂清香。带绒的藿香叶,在灵魂
出窍时,用毛刺规训你的舌尖

有一种花开得撒豆成兵。种多少豆
得多少花。精打细算的日子

将花点过一遍又一遍。日夜含着
念着,供奉至心间的庙宇

直至街头的佛,每至食烟火时
都会拈花、蘸水、微笑

　　田一坡,生于重庆彭水,学于四川成都,先后毕业于四川师范大学中文系与海南大学社科研究中心。曾在《诗刊》《十月》《天涯》《清明》《山花》等杂志和《光明日报》等报刊上发表作品若干。现任教于四川轻化工大学人文学院。

一朵洁白的云悄悄来到人间

王谦

晨露轻启黎明,最初是爷爷

坐在街边的一爿小店里,一碗豆花

一碟蘸水,一碗米饭,偶配二两烧酒

爷爷的一生习惯清晨与豆花相遇

后来是父亲,坐在街边的一爿小店里

豆花、蘸水、米饭和烧酒,这些熟知的事物

就像朝霞满天的清晨,褪去黑夜

掩埋窖藏于心的痛。父亲习惯四顾张望

熟悉的小店,阴阳相隔的亲人,再难相见

而现在,我也习惯坐在一爿小店里

不喝酒,只用蘸水配两碗米饭

豆花盛在碗中,仿若一朵洁白的云

悄悄来到人间

  王谦，曾在《四川文学》《读者》《雪花》《四川日报》等多家报纸杂志发表散文诗歌近百篇（首），有作品收入多种选刊合集。

偶遇一个名叫豆花的女子

刘建斌

豆花　素洁的容颜
生长在偏街小巷
她依偎着
一团红色的火焰
我只能说
她的体香无异于一场细雨
足以湿透我的童年

她安静地端坐在我的面前
让我所有的羁旅离愁
都成了无病呻吟
趁着富顺的黄昏

还有几分偶遇的浪漫

我总得要做点什么

遇见　向往　怀念

都不足以让忘却来得那么自然

靠近她　告诉她

在我的唇齿之间

从未说出的誓言

只有四个字：

不再孤单

刘建斌，1969年出生，四川省富顺县赵化镇人，中国散文学会会员，四川省作协会员，富顺县作协副主席，《富顺文学》《盐都作家》编辑。作品发表于《四川文学》《星星》《诗神》《青年作家》等报刊，出版有散文集《十年书》《赵化笔记》。

豆花谣

刘尚彬

所有掂量过的利益

不及白生生豆花忠诚

一生品鉴过的山水

不及碟中蘸酱意味长深

是刘氏祖先庇荫了后世

还是无数自我于浮世间匆匆突奔

何地可栖，何物可依

香叶，解表开郁泯忧伤

川砂仁，醒脾暖胃藏温情

沱江水哟！嫩豆花

糍粑海椒，皂角巷

朝朝迎送，代代更迭

万马千军于舌尖嘶鸣

归来兮，故人尘

盖世英雄、御官翎、走卒贩

衙门口街前，齐扑扑如黄豆叮当赴地

暮晚，鼓楼声声警醒：

客官，江湖邈远

快快下船，上岸

水东门豆花庄打尖

刘尚彬，笔名冰峰之上，四川富顺人，自贡市作协会员。诗文散见于《诗歌报月刊》《大河诗刊》《鸭绿江》《天津诗人》《散文诗世界》《四川诗歌》《湖北日报》《武汉晚报》等报刊，诗歌被收录进多种选本。

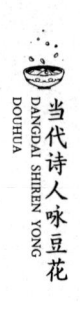

富顺印象：豆花

陈尧英

提笔，不知道怎么写你？
富顺豆花，我呼唤你
你就像画中人一样来到我面前
见你的白嫩与喝着你家箐水
的香甜，醉了我的心——

豆花，你的出现仿佛我们前世有缘
你是风，你是闪电，你是彼岸花中的
翩翩仙子，遇见你安静
躺在瓷碗中，不仅让我心猿意马
而且又心慌意乱。

豆花，你是我另一半的爱

一生中，我要吃你无数次

你已经成为我生命中不可缺的一部分。

"豆花——"

陈尧英，女，笔名紫影，1968年5月出生于四川富顺。四川省作协会员，中国诗歌学会会员。曾在《大风》《青年作家》《星星》《诗潮》《重庆纪实》《黔西南日报》《成都商报》等100种以上报刊发表作品。

城市之光

第 三 辑

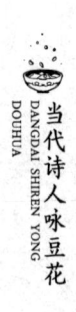

才子与豆花

麦笛

川南厚土,人杰地灵
含盐丰,骨头硬,富而顺
田埂上,豆子皆披绒毛大衣
青豆是谦谦君子
黄豆是鼓眼才子

一千五百年发酵
一粒豆子,交给时间之磨
咬破胸中雪
在铁锅中煎熬,沸腾
修炼成锦绣玲珑,白玉晶心
佐以青葱蘸酱

绽放麻辣酸甜百味

明清以降
这里出产了多少粒豆子
富顺文庙里就走出了多少才子
他们背井离乡时都喜欢望天：
白云，豆花一样白
眼角的泪珠，胆水一样涩
一样鲜

麦笛，本名王德明，四川宜宾人，中国作协会员，宜宾市作协副主席。作品见于《人民文学》《诗刊》《中国作家》《十月》《人民日报》《中国诗歌精选》等报刊选本，曾获中国作协首届志愿文学一等奖及《诗刊》《解放军文艺》《星星》《诗选刊》《诗潮》等全国诗赛奖。系《中国青年报》专栏作家、四川省优秀戏剧工作者、宜宾学院客座教授。

一个人去富顺吃一碗豆花

大窗

这次我悄悄地来。吃豆花下啤酒
在富顺,我如同往常,平凡地过日子

没有什么进步,每天都一事无成
仍有坏脾气:胆敢蔑视那些高高在上的人

但我认识,并敬畏富顺太多才子
他们口音绵扎,韧性,任性

他们内涵深邃,热情和谦逊
我怕我的平庸对不住朋友们的兴奋

我怕他们推我上席，一时骄傲，把持不住
只一碗豆花，三五杯即醉

我怕他们，叫我发言：
我们长久地漂泊，终归回到了故乡

  大窗，本名罗雄华，中国作协会员。重庆新诗学会常务副会长，《重庆诗刊》联席主编，《银河系诗刊》执行主编，重庆市九龙坡作协主席。在《诗刊》《星星诗刊》《人民日报》等发表作品千余篇。出版诗集三本，散文集一本。

富顺豆花

李龙炳

为什么必须是富顺
在重新命名一朵花：豆花

张新泉在回答，聂作平在回答，李自国在回答，
印子君在回答……
豆花开在
诗歌的星空下。

大豆和星星的距离，
隔着几千个汉字。

大豆是一个又一个象形文字，

在非物质文化遗产中写一首
浪漫主义的诗。

文字和大豆不分彼此，
蘸水和豆花不分彼此，
刘光第和赵化不分彼此。

大豆在沱江两岸，
证明富顺是一朵四季盛开的花。

蘸水是富顺的另一条河，
它反对苦的舌尖，
冷的嘴唇。

因为豆花是甜的，
因为富顺是温暖的。

人心如豆，
一切刚好。

李龙炳，1969年生于四川成都，客家人，现居成都青白江乡下。著有诗集《奇迹》《李龙炳的诗》《乌云的乌托邦》《现实先生》等。获成都市政府第五届金芙文学奖、第七届四川文学奖、首届中国十大农民诗人奖、首届四川十大青年诗人奖、首届中国田园诗歌奖。

点豆成花

徐庶

当豆怀春,在一粒豆上
轻轻一点,便有一声"哎哟"
疼出水来

那是来自富顺西湖的
豆腐西施
在斟茶,迎客

当豆相思成疾
点一点,可成花

徐庶,中国作协会员,中国地质作协副主席,重庆地质作协主席。著诗集《空藤》《骨箫》等 4 部。获冰心散文奖、曹植诗歌奖、陶渊明诗歌奖、"秋浦河"李白诗歌奖。参加《诗刊》社第 13 届"青春回眸"诗会、鲁迅文学院第 29 届高研班。作品见于《人民文学》《诗刊》《中国作家》《青年文学》《散文选刊》等,被译成英语、法语、韩语等多种文字在国内外传播。

富顺的味道

庄剑

漫步大街小巷
感受才子之乡的魅力

一碗轻描淡写的白
成为游客
口耳相传的豆花

一碟浓墨重彩的红
成为食客
啧啧称奇的蘸水

绵柔韧性的豆花

在非物质文化遗产

滋润下

融入文庙的气场

顺理成章地

成为富顺的味道

庄剑，资深报人，退休编辑。用正高职称谋生，以业余作者怡情。作品在《人民日报》《光明日报》《解放军报》《解放军文艺》《红岩》《星星》《四川文学》《山东文学》等百余家报刊发表并被收入《中国散文诗大系·四川卷》《四川百年新诗选》等数十种选集。著有《蘸着月光写封信给你——庄剑百家报纸副刊作品选·诗歌卷》等诗文集九部。获中国晚报杰出贡献总编辑、中国地方都市类报纸十佳总编辑称号和四川省报纸副刊终身成就奖。

豆花，富顺的城市记号

周鹏程

一粒大豆粉身碎骨，更多追随者卷入漩涡
前赴后继，慷慨就义
顷刻，集体销声匿迹

古树下，一张四方桌，炊烟缭绕
我在大伯的皱纹里找回了它们的尊严
直到盘碟干净
有人还想着它的白，它的美
或许这远远不够浪漫
如果来二两烧酒
一碗米饭
整个富顺全是乡愁笼罩的记忆

胆水拯救了赴难者

蘸水提升了豆花在人间的美誉度,越来越高

在富顺,豆花

不是小吃,是一座城市的记号

想起豆花,就想起富顺

想起富顺

就想起

长长的往事

周鹏程,中国作家协会会员、中国诗歌学会会员、重庆新诗学会副会长。著有专著10部。曾获重庆市"五个一工程"奖、重庆文学奖。

分行的豆花

张选虹

捧在掌中的豆花播放着月光的甜
它挽救过我幽暗的细胞
在软化历史与生活的硬壳中出过全力

恐龙遗传的娇嫩诗篇,偶尔咆吟
它剔尽黑夜,重又灌满黑夜
人性般昼夜醒着,低微却不滑向自卑

时间的旁白,热锅里不屈的雪泥
它淤积在胸腔区分灵魂的白雾,并控制住
命运表白的波涛,我有它的简约和腐朽

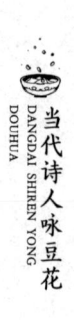

遁进身体的豆花的云,填充修补着
日益失光的大脑。它不需要奇迹
仅使我的白日梦巫术般更加顺滑定形

如果给豆花一对翅膀,它会将所有的鸟
远远甩在身后,只向我的巧舌妥协
只朝我的瞳孔供奉一束通向宇宙的白洞

张选虹,客家人。1969年5月生于成都龙泉驿,现居龙泉山麓。曾当过教师、记者,现于某文化机构做事。著有《鸟速》《倒立》等诗集。

豆花之城
赵历法

"来碗豆花",一座城市这样喊着
"来碗豆花",山山岭岭都在回应

趋之若鹜的人流中
有戊戌六君子之一的刘光第
"来碗豆花",拍拍肚子
吃饱了,好上马登程……

一碗寻常的"灰谟儿"
活色生香,温润如玉,质嫩似饴
点石成金的"富义盐"
化腐朽为神奇

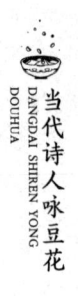

成就了《博物论》和《华阳国志》的传奇

"来碗豆花","来碗豆花"
吆喝声在21世纪流行……

赵历法,中国作家协会会员。有作品多次获《诗刊》《星星》《扬子江》等刊全国诗赛奖并入选多种选本。出版诗集、诗歌评论集4部。诗集《天空很蓝》入选重庆市作协重点文学扶持作品。

豆花的故乡

徐甲子

曾数次梦到过豆花
梦到过这细嫩的
豆腐的童年
直到与印子君去了他的故乡
才发现富顺的豆花
让我垂涎

此刻,我坐在豆花的故乡
豆花店里,一少女安静地品尝着豆花
那娇美的模样,让我想到
什么是情窦初开

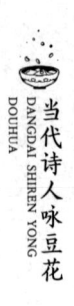

十里富顺城，百家豆花店

古城飘出的馨怡豆香

从北周氤氲至今，并永久流传……

徐甲子，诗文见于《人民文学》《诗刊》《散文诗》等国内外百余家报刊。著有诗集2部、散文集1部。长诗《倾诉，或表达》获"2022第七届中国长诗奖"。

豆花流淌

戴长伸

晶莹剔透，光洁无瑕，凝若羊脂……当这些
干净的词披在一盘以大豆

为原料端上席面的花朵枝头：花冠
徐徐展开黏稠的水墨，香气在荡涤，美在

氤氲——穿越千年的历史
在富顺招手：才子佳人，贩夫走卒，大家小
户……谁能推拒

这跃向舌尖的召唤？时光轻盈转身，香气和美

依然在摇曳——1869年,少年刘光第

跪在母亲脚下:"三餐止豆花……"[1]清贫
书写高洁,大豆的汁液书写一方

水土养一方人的传奇:沱江流淌
大豆绵延不绝,豆花的流淌绵延不绝!

是承袭,也是永远年轻的流行传唱——当富顺
站上时代鳌头,开口说出:豆花豆花——

注:(1)戊戌六君子之一的刘光第为富顺人,少年时家境贫寒,常常用三文钱买豆花作为一日三餐,他曾在一首五言诗中写道:"一赋先松菊(师课《松菊犹存赋》,为生平作赋之始),三餐止豆花。清贫儒者事,忠孝可肥家。"

戴长伸,无党派人士,政协委员,供职于成都市成华区某政府部门。已在《诗刊》《青年文学》等报刊发表诗

作 300 余首，著有诗集 3 部。曾中断诗歌创作多年，2023 年回归。现为中国作家协会会员、成都市成华区作家协会副主席。

在富顺,豆花姓刘

海清涓

豆花从四面八方赶来
以轻盈澄润,在千年古县
肆无忌惮绽放

豆花的草长莺飞与岁物丰成
绵软在西湖釜溪的潋滟中
鲜嫩在我的味蕾和记忆里

豆花是驻足才子之乡的祥云,我不是
豆花是沱江的女儿,我也是
如果豆花可以称刘光第长兄,称刘锡禄次兄
我希望,我也可以

在富顺，那么多豆花姓刘

亲近豆花，并非跟风

而是发自肺腑，如同亲近血浓于水

海清涓，四川资中人，中国作家协会会员。著有诗集《茶竹倾尘》、长篇小说《罗泉井》等5部。系重庆市永川区作协副主席。

富顺豆花

康康

借一缕豆香，爱上清晨
爱上街巷，植物，乡愁
如青花被瓷化，旗袍被偏开
爱一朵朵莲盛开
在西湖，在文庙，在骨白的寸碗里
如爱上板桥才子

沱北生萁，江南长豆
富顺人间，走着秦风小雅
走着康熙年间的烟火
穿后街过古甸，心思陡峭起来
在有月光、春天、楚歌的一程

麻辣鲜香的佐料里。走着心

从巴到蜀有多远
几嗓川江号子的距离
从中年到童年的思念
是一掬白花花的古盐的咸
是一锅白花花的豆花的香
是一骑五味杂陈，浓郁馥香的嘚嘚马蹄远

中黄，齐黄，十月黄
点卤点江山，开一片花
在唇齿间朝着一个风向
红椒，野葱，鱼香草
扑棱棱溢着人间悲喜
和我的某一世某一时
命中伶仃

康康，女，重庆诗人，南山居散人，《中华文学》签约作家，民诗刊《野鸟》轮值编辑。出版有诗集《长揖》《福田》《那场自弹自唱的青春》等。诗观：诗歌是自有的一亩三分地，可观瞻不可亵玩焉。

食色性也,为富顺豆花写的诗

欧阳锡川

四川的山山水水都隐藏着烟火味
意象且具体
用半缕文字也难勾描出一餐三菜
此处立意,可否为一碗富顺豆花
用言语的结构和卤水胆巴相思量

沱江水的饮食文化
流经富顺点成洁白的豆花
在南方广东并未见过豆花儿
黄豆的释然
从豆浆、豆腐脑、豆花儿、豆腐、豆渣
格物,才豁达了人生的境界

经过短暂停顿，引发无限想象

查阅过《中国豆花》一书
刘锡禄就出现在富顺豆花上
富顺豆花是因水还是因盐卤
或是技艺或是糍粑海椒蘸水，在一本名叫
《富顺豆花：一座城市的浪漫主义》的书中有
答案

中药入膳，个方不同并不少见
请教草本专家朱蓉《日华子本草》和《本草衍
义》得以释义
在泸州肥儿粉的《随息居饮食谱》以及《本草
纲目》著述中
由此，逐渐清晰富顺豆花的形与魂
永远在古老的川菜中，形成
殿堂与陋室孤独的共存
此刻的午市，富顺的大街小巷早已豆花飘香
是记，为富顺写豆花：随行而化

欧阳锡川，中国作协会员，高级工程师，享受国家津贴。为四川省作家协会儿童文学专家委员会委员、四川省文艺传播促进会副会长兼秘书长、四川省小小说学会副会长、四川省诗歌学会副秘书长；泸州市作家协会常务副主席、泸州市文艺评论家协会副主席、泸州市龙马潭区作家协会主席等。《西南作家》杂志主编、《泸州文学》杂志主编、《泸州作家》杂志副主编、《龙马潭作家》杂志总编、《四川诗人》编辑。出版有个人专著。泸州肥儿粉股份有限公司董事长总经理；205年国家保密配方、中华老字号、"非遗"品牌泸州肥儿粉第八代传承人。

富顺豆花的白

黎勇

沱江,挑起富顺走南闯北
狭长的扁担上,豆花是它的盖面菜
水行之处,吆喝声吼出雪白的幽深与辽阔

富顺豆花由自流井卤水喂大
自流井的盐,给富顺豆子蛋白和维生素
经沱江水浸泡,富顺豆花就有灵魂

仅这些是不够的。富顺黄豆要富顺的石磨碾细
豆魂才有豆腐的高度。要有富顺柴火的煎熬
富顺豆花才能结晶雪白

富顺豆花必须由女子沐浴后点卤

脸上凝结着久别夫君的羞涩与微笑

富顺豆花便能嫩而不溏、洁白如雪

富顺豆花的卤水，将两千年风情隐喻在沱江云雾间

点绿一江春水，点红两岸桃红，点白漫天云朵

富顺豆花的细腻，是女子的心事，是春风荡漾的秘密

富顺豆花的味，必须是少女的舌尖品尝

那柔嫩才有少女含苞的浓情软语

遐想才在梦境里升腾

富顺豆花的白，有刘光第的正义，江姐的壮烈

富顺豆花的白，有麻辣的红油，葱花的翠绿

白是良知，红是刚烈，绿是品行

《道德经》打磨出富顺豆花可方可圆

可做箱箱豆腐、口袋豆腐、豆腐包、豆腐乳

那是富顺豆花的能屈能伸，那是富顺的遇强则强

黎勇，笔名黎二愣、黎冠辰，出生于20世纪60年代，四川省作家协会会员。其散文诗集《巴蜀风散板》填补了巴蜀民风民俗诗歌题材的空白，由央视、新华社等中央级媒体推出的视频朗诵诗《脊梁》《来，我背你》及故事和音乐作品《等待天明》等，曾成为网络热搜。

豆花散句

马力

每日里我们咽下食物
给疲惫之躯补充卡路里

一起就餐的人中
必有披荆斩棘的先驱者

年复一年,一代又一代
男男女女在祖国各地饮食

北方的豆浆油条饺子
南方的绿豆粥,红豆腐

川南富顺县，人民朴素，自有养生之道
一碗豆花，一碗米饭，一碟香辣酱

为豆花写一首诗，并不轻松
粮为民之命，民为国之本

端到桌面上，豆花属于政治学范畴
事关国运存亡。有人为温饱忍辱偷生

有人心忧天下。富顺进士刘光第
为黎民百姓丰衣足食而抗争

他死于维新变法，年仅三十九岁
十四年后，封建帝制灭亡

如今，在他的故乡，五谷丰登
粮仓鼓胀，吸饱了碳水化合物

豆花成为本地餐饮业的顶配

既入烟火人家，也登大雅之堂

游客来到富顺县，看山水，吃豆花
人与自然融合成此生最和谐的氨基酸

马力，男，生于1969年，四川泸州人，邮局职员，现居泸州。

一粒黄豆的抱负

黄德涵

家在川南黄泥坡
我小名叫黄豆
种豆得豆的豆。我这
黄豆命,长出许多会做梦
想发家的黄豆
我干的大事是在城南
开了家"黄二哥豆花店"
虽土气,但有口碑

石磨悠悠,涌动
乡土的乳汁
神秘的胆水点出

又白又嫩的黄豆情

配以回味悠长的糍粑海椒蘸水

撒几片沱江边的藿香

富顺豆花

我端给天下客

豆花之花，绽放在

青花瓷碗里

明晃晃，颤巍巍

擦亮隐隐晨曦

一粒黄豆笑呵呵忙前忙后

那香，在舌尖上

那甜，在窖水中

那满足感，随红霞飞

多好，黄二哥的抱负

圆润，饱满，黄豆那么大

一生不奢望抱个金娃娃

只求小富小顺

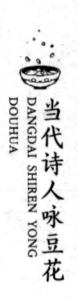

黄德涵，中国诗歌学会会员，自贡市作家协会副主席。曾在《诗刊》《星星》《草堂》《诗林》《绿风》《创世纪（台湾）》《四川文学》《飞天》《滇池》《延河诗刊》《天津诗人》《河南诗人》等发表诗作。有作品入选《中国新诗短诗卷》等多种选本。

富顺戒不掉的豆花白

尔东马

认识她,沿着深不可测的清香
然后是细嫩和软糯,被温柔的辣
轻轻抱住,弥漫开味觉的无限宽广
一口甜汤,让压制的想象力
瞬间爆破,整个身体被云朵灌满

她是来自乡野的姑娘,身后的三国慌乱
狼烟四起。一切争夺和杀伐
不过是,煮豆燃萁的悲剧
于是,她皈依了两块圆形的石头
以花的名字,守豆的本心和清香
更让人沉迷的,是她对白的执念

比盐更生猛，比雪更凡尘

在富顺，我看到余大、雷三、李二、黄六……
那些乡音不改的店招，静对时光虚浮，尘世膨胀
我突然明白，为什么她的味道日益丰盈
唯有白，从未改变——

尔东马，本名陈学华，四川省作家协会会员，自贡市作家协会副主席。有诗歌在《星星》《草堂》《诗潮》《四川文学》《青年作家》等刊物发表。

豆花哲学

空灵部落

元初。天地混沌

清澈的井水,照见了生命的原形

大地蛋白质的精华,悬挂在浅丘的

风雨之中。一个石磨盘

承接了古老的太极之道

将石头的坚硬与豆浆的柔情

一座山的寂静与星云旋转的运动

演绎了天地阴阳对立之中的

和谐共生

富顺之卤,汇聚了盐的精髓

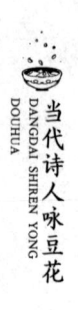

纯粹、晶莹与苦涩、厚重
都是生命再生的元素
卤水与豆浆的融化
是一次云手推拿的慢过程
太极之舞，将幻化之境变为现实

红土地。川南的纵深
燃起的火焰是力量的象征
辣子的热情、活力深潜在骨子里
当一碗白玉豆花与
一碟辣椒蘸水相遇的时刻
构成了一幅大道至简的红白太极图
诠释了生命顿悟和东方哲学
亘古而质朴的魅力

　　空灵部落，本名杨华。诗人、诗评人。四川省作协会员，中国诗歌学会、四川诗歌学会会员。在《星星》《诗潮》《特区文学·诗》《绿风》《延河》等纸刊和新华社等新媒体发表诗与诗歌评论多篇。作品入选多部诗歌年刊,偶有诗歌获奖。

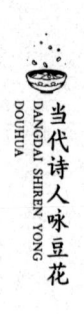

豆荚曲

轻若芷水

在豆荚的身体里,就能找到云朵
我猜测,这样的执念
如时间齿轮,在石磨中被慢慢磨平
直到流出鲜嫩的浆汁

还会有很多人,像我一样
在沱江边等上许久,想象它弥漫的香气
或隔着长岸,看老城生活鼎沸
从东到西,没有开始也没有结束

风起时,田野上的豆荚发声清脆
有大把的金色豆子应声滚落

深埋在土里的，来年又重新发芽
其余的，亮出黄灿灿的本色
既有老农的艰辛，也有小小的富足

在我眼里，豆荚在人间的形状并不分明
它像极一张张人脸，拼着半生的积蓄
除去多余杂质，只留希望在脸上

不相识与相识的人，并排坐在岸边
为获得一个好座位而欣喜
原本热气腾腾的灶台，早已撤去炉火
仿若百年的习俗并未停歇
白花花的豆花刚从泉水里捞出来
成为另一朵云

轻若芷水，本名杨莉，在传统文化领域从事管理工作20多年。业余爱好创作诗歌、诗歌评论、散文随笔、新闻、摄影作品，自贡市作家协会秘书长。坚持笔耕40年，诗歌和散文作品散见于《星星诗刊》《扬子江诗刊》《川江诗报》

《大风刊》杂志及报刊。与《诗边界》同仁出版3部诗歌集《赤》《橙》《黄》，部分诗歌收录于《2020四川诗歌年鉴》《2021—2022四川诗歌年鉴》《四川诗人名录》《诗歌蓝本》《私人诗歌》等。

豆花之城

野桥

富顺豆花是城市的一种符号。

——题记

去富顺游完文庙,西湖

最享受又爽心的事

是坐下来叫一碗豆花

白嫩鲜香又热气腾腾的豆花

由一个俏丽的幺妹端上来

配上一碟加了糍粑辣椒和藿香的蘸水

瞬间催开你的味蕾

吃豆花,注视着这座城市

感觉你已融入其中

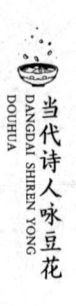

带着对生活的热爱和满足
满城晃动的人影
浸透了豆花的香气和故事
也让你染上了乡愁
盐的传承与豆花生生不息
吃完豆花起身
穿过这座城市的一条条街
总是和她的一种符号相遇
你才知道你已被豆花刻画
沉浸并迸射出光
豆花是她的一种希望和图腾
把千年之爱传颂得更远

野桥，本名王光裕，业余诗歌爱好者。有作品见于《星星》《四川文学》《青年作家》《诗歌月刊》等刊。与友人合著《诗边界诗文集》三部。《诗边界》主要成员。

一棵叫富顺的大树结满了豆花

鲜晓东

从豆子到豆花　有很多条路
刘锡禄师傅选择了一条阳关大道
从豆花到美食殿堂　有龙门一样的高度
缩小为鲤鱼　他与豆花一起苦练飞跃

是他　让天下人知道豆子里藏有大花朵
城东门那家店铺是豆子的福祉
一碗碗白可爱　生命的密码
藏在智慧与汗水里　种子般生根发芽
又如春风蔓延　一年又一年

是的　后来

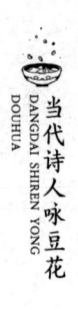

一棵叫富顺的大树结满了豆花

这一枝有李二豆花白玉豆花

那一枝有胡三豆花黄六豆花张豆花

数着数着　声音　上升为一种光荣的白

白　是它的江山身子骨　更是灵魂

富顺豆花　一座城市愿意站成它的姓氏

它成了盐的亲戚　有盐一样的心跳

耳畔的沱江和鸣着每天的叫卖声

大江南北的胃爱它　也就爱上这座城

一滴惊艳的雨　落向四川非遗目录

背负梦想　一次次奔向更辽阔的自己

站在时间的潮汐上　它的身影

如今成为一种隐喻

在远方游子心里长成大写的故乡

蓦然回首

一枚白月亮从碗里游向心湖　游亮世界

鲜晓东，职业民间话筒。有诗歌发表在《诗刊》《星星》《十月》等刊物。获《诗刊》《星星》《扬子江》《十月》等刊全国性的诗赛奖项。

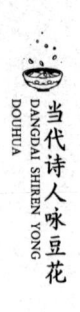

爽口的豆花,爽口的富顺

忘川

谁在何时一挥手
把蓝色的星子撒落成丘
亚热带湿润季风年复一年
沱江捧出晶莹剔透的浪花
川南丘陵长出茂密的大豆
富顺就是其中最硕大最饱满的一颗
千年岁月碾磨成浆
万年盐卤无声点化
绽放纯白细嫩的花朵
吊起南来北往的胃口
且慢,心急即成走马观花
只有蘸上糍粑海椒入口

视觉触觉嗅觉味觉第六感觉合奏

你才会心服口服——

富顺，一朵花

开得如此水灵火辣淳厚爽口

像天车头顶飘动的云朵

气象万千

又似江上春风

劲歌曼舞

还有一碗甜汤

足以洗尘接风

忘川，男，本名王俞德，生于20世纪60年代。中国诗歌学会会员，中国散文学会会员，中国化工作家协会会员，自贡市作协会员，富顺县散文学会会长。作品散见于多种报刊。

富顺豆花,闪光的名片

杨国琼

白花　红蘸　窖水回甜
富顺特色的豆花
川南闪光的名片
乡音乡情口中的喃颂
远方游子牵挂的乡愁

以出类拔萃的工艺
享誉千余年历史
以口齿留香吸引来客
以声名远播跨越时空
流传在祖国的大江南北

舌尖上的非遗
多少人梦中呼唤的名字
你的经典耀目史册
你的故事民间流传

赞过朋友圈一次次晒图
阅过温馨的词文歌赋
印象最深的一段留言：
想一碗家乡的豆花
要是能打包快递才好

杨国琼，中国诗歌学会会员，中国散文学会会员，四川省作家协会会员，四川省散文学会理事，富顺县作协副主席。自八十年代创作至今，有诗歌、散文、评论在《星星》《四川散文》《四川散文精选》《龙泉》《自贡日报》《金沙》《圣立墨韵》《甘洛文艺》《盐都艺术》《自贡作家》等各级刊物发表，曾获《全国知青作品》诗歌一等奖、《诗人巡河》诗歌一等奖,《红莲花》散文一、二等奖,2013年出版个人诗集《追梦生涯》。

后记

历史悠久的川南富顺，是中国井盐发祥地之一。

有着"百味之祖"美誉的盐，遇见适宜农耕的紫色丘陵，创造了"盐业、农业并举"的奇迹，也创造了独具特色的盐帮美食。富顺豆花是富顺美食家族中最杰出的代表。2007年3月，富顺豆花制作工艺被列入四川省首批非物质文化遗产名录，在全国各地豆花制作技艺（民俗）非遗申报中最早进入省级非遗行列。2021年5月，富顺豆花入选天府旅游美食。2023年9月，富顺豆花入选四川省文旅厅等组织推荐的首批"非遗四川·百城百艺"非遗品牌。

豆花是富顺人日常生活中的一道美食，更是富顺人治愈乡愁的一剂良药。富顺豆花文化旅游节始于2002年，迄今已经成功举办了八届。从一味口舌生香的地方美食，到一座千年古县重要的文化名片，深入人心的富顺豆花，已经逐渐成为富顺文旅传播的重要载体。

　　《当代诗人咏豆花》一书的编辑出版，是一座城市对传统技艺的传承保护和发展，更是对地方美食文化的开掘与弘扬。整部诗集分为"舌尖美味""梦里乡愁""城市之光"三辑，意在通过诗歌的方式，表达富顺豆花在美食、情感和城市文化不同维度的特色魅力。

　　在编辑过程中，我们共邀请了全国各地在诗歌创作领域卓有成就的70位诗人创作抒写。每一行文字，都饱含着深深的情谊。在此，向诗歌致敬！向诗人们致敬！

　　《当代诗人咏豆花》诗集的出版，还得到了自贡市作家协会、富顺县文化广播电视和旅游局等单位的大力支持，在此一并致谢。

　　我们期待着，诗意的豆花和豆花的诗意在这个秋天相遇！

编者

2024年8月23日